Nikolaus
Cybinski

Im Steilhang der Zeit

Aphorismen 2004 – 2010

VERLAG WALDEMAR LUTZ

Herstellung: ADM, I-39100 Bozen
ISBN 3-922107-89-7

Titelbild: Zervreilahorn, Graubünden, Schweiz
Foto + Gestaltung: W. Lutz

OTTO JÄGERSBERG

KNAPP & KLUG, KLING!

Alles so kurz und klug, mal versöhnlich und altersmild, dann hauend und stechend, und immer bereit, sich in lustvollen Schleifen auch um Kalauer zu schmiegen. Wie geht das? Ich stelle mir vor, der Aphoristiker ist permanent dienstlich erregt, am Tisch, beim Wein –, sehen wir ihm beim Spaziergang zu. Herumgehen und beim Einfallen nicht Umfallen. Gibt es denn ein schöneres Tätigkeitswort als *spazieren gehen?* Ohne Ziel ohne Zwang ohne Zweck ohne Zentrum. Nur ein Gehen wie ein Spatz in den Beinen. Er sieht was, er denkt was, und das verdampft er weitergehend zur kurzen Form. Nur nicht viele Worte machen. Ein guter Gedanke findet oft aus vielen Worten nicht mehr heraus. Der gute Gedanke bewährt sich in wenig Worten. Der Aphorsimus ist die Heimat des guten Gedankens.

Auch ich habe mal einen Aphorismus zu schreiben versucht. Ich schäme mich noch heute. Allerdings war ich jung und das Blut raste an den bekannten Stellen. Kurz, ich sehnte mich. Und schrieb: Traf man jemals eine Frau an einem Ort, an dem nicht Aussicht bestanden hätte, sie zu treffen. In pubertärer Not ging ich damals viel im Wald umher. Eine Frau wollte sich da aber nie einstellen. Ich schrieb keinen Aphorismus mehr.

Über Nikolaus Cybinski schreibe ich gerne, dass ich oft überrascht, verwundert und amüsiert bin, wie er sich auszudrücken vermag, bei sparsamstem Wörtereinsatz. Mit Witz und Grütze. Zum Beispiel diese kleine Einführung in die Psychologie der Wörter: *Warum dürfen die Wörter nicht selbst entscheiden, wie sie geschrieben werden möchten?* Der Satz umfasst das Elend rechtschreiberischer Vorschriften wie die Freude über lautdirekte Schreibweisen und öffnet das Spielfeld der den Buchstaben innewohnenden Selbstgestaltunsgkräfte. Man kann sich mit einem solchen Satz in Schule oder Büro einen vergnüglichen Tag machen.

Der Autor hat seine Macken, Vorlieben und Ärgernisanlassfreuden. Er liebt die Musik, die Literatur, die Natur, die Frauen. *Da ging sie vor mir in ihren High Heels. Und meine Blicke liefen ihr barfuß nach.* Er hadert mit dem Alter und misstraut den Institutionen, die im Steilhang der Zeit Sicherheit versprechen. Kaum kann ihm Gott noch helfen: *Der Teufel, Gott an die Wand malend –*

Viele Aphorismen Cybinskis haben am Ende diese hübschen Fleischerhaken: ?. An ihnen hängen oft die besten Stücke, und Nikolaus Cybinski lädt seine Leser ein, sich mit guten Fragen zu versorgen.

Ich sehe die Wespe an der Fensterscheibe,
die raus ins Helle will
und denke:
wie ich
auf meiner
Jagd nach Erkenntnis.

Rundum am Boden alles in Scherben. Die Hände blutverschmiert. Er hatte mal wieder reinen Tisch gemacht.

Manches geht mir durch den Kopf. Manches durch Mark und Bein. Und ich weiß nicht, warum die Welt sich mal für die und mal für den entscheidet.

Augen zu und durch! Wild entschlossen trete ich gelegentlich die Flucht nach hinten an.

Sie fanden mich nicht dort, wo sie mich erwarteten. Ich war mal wieder zu weit gegangen.

Wer weiß, vielleicht sind die Märztage vor dem Aufblühen der Forsythien ja die verlockendsten des ganzen Jahres?

Gott ist tot. Überlebt haben Bachs Dur-Schlüsse. Die lassen hoffen.

Der Krieg ist aus. Siegarm kehren die Soldaten heim.

Jedesmal, wenn ich an Duchamps Urinoir denke, frage ich mich, was ich, jenseits meiner Zweckdienlichkeit, noch alles sein könnte.

Weiß einer, wann und warum ein Wort ein Sterbenswort wird?

Was ich fühle und denke, verberge ich notfalls sicher. Meine Fingerabdrücke mache ich unkenntlich. Doch der Speichel, der an den Wörtern klebt, verrät mich immer wieder.

Ground Zero: Ist das nicht eines der vier Weltenden?

Manchmal weiß ich nicht mehr weiter und rutsche nervös auf meinem Standpunkt hin und her.

Wie ich eine Abneigung gegen bestimmte Hosen und Hemden habe, sträuben sich meine Gedanken gegen bestimmte Wörter.

Wieviel Wirklichkeit erkennen wir wirklich? Sehen Jelineks erbarmungslose Augen zum Beispiel wirklicher als meine?

Gewisse Gewissensbisse lege ich vorsorglich in meinem Überich ab. Dort werden sie psychologisch fachgerecht entsorgt und beißen nicht länger.

War ein fixer Bursche! Kaum sah er mich, schlug er mir seine Antworten um die Ohren. Dabei hatte ich ihn gar nichts gefragt.

Müsste es die Pfarrer nicht entmutigen, täglich zu erleben, dass Kachelmanns Prognosen inzwischen glaubhafter sind als die Botschaft, die sie verkündigen?

Sie singen ein Lied nach dem andern. Und sind böse Menschen.

Die Splitter in meinen Augen nehmen mir fast alle Sicht. Ich erkenne gerade noch die Balken in den Augen der andern.

Status quo: Die alten Zöpfe am, die Schere im Kopf.

SEGNUNG DER INFORMATIONSGESELLSCHAFT:
WIR WISSEN ALLES
UND GLAUBEN
NICHTS.

Menschen werden gezeugt, Esel gemacht. Oder ist es manchmal umgekehrt?

Außer Heine wagte es bisher keiner, Narrheit auf Wahrheit zu reimen. Auch darum ist er einzigartig.

Ich zum Beispiel. Inzwischen eine reife Frucht. Auf dem absterbenden Ast am Baum der Erkenntnis.

Altersweisheit: Das Privileg, gezielt wegzuschauen.

Rossinis Musik zum Beispiel: Hat die Welt nicht besser gemacht. Nur weniger trostlos.

Sämtliche Gene erforscht. Und ich mir immer noch ein Rätsel.

Ich starre den Esel an,
der mir den Weg versperrt
und denke:
So solltest du
öfters im Leben
stehen.

Globale Gerechtigkeit: Die Zahl der Übergewichtigen hat die Zahl der Unterernährten erreicht.

Nouvelle cuisine: Siebeck in Teufels Küche himmlisches Mannah zubereitend.

Verführerisch schön, diese weiße Landschaft! Im Schnee von gestern.

Warum sprechen wir von Untaten, aber nicht von Untätern?

Ist es theologisch denkbar, dass vor den Urgewalten der Natur Gott gelegentlich kapituliert?

Folternd vernichteten sie seine Würde. Dafür erwiesen sie ihm die letzte Ehre.

Zuletzt galt er als rühmliches Beispiel. Nur an seiner Tugend klebten immer noch Reste der alten Not.

Sehe ich meinen gealterten Körper im Spiegel, frage ich mich manchmal, wie zur Zeit wohl meine Seele aussieht.

Jesus starb als junger Mann. Seine Botschaft verkünden Greise.

Entspannt sein Gesicht. Von Todeskampf keine Spur. Die vom Lebenskampf geschundenen Ellbogen verbarg gnädig das Totenhemd.

Barhäuptig standen wir um sein Grab. Hatten mit ihm nichts mehr am Hut.

Lesende Menschen haben Fragen. Nichtlesende Antworten.

Ist ein gefälschtes Bild denkbar, dass sein Original an Qualität übertrifft?

Der Autor beherrscht die deutsche Sprache nicht! schrieb ein Kritiker. Recht hat er. Der Autor liebt sie.

Ob es machen Wörtern weh tut, dass sie nun getrennt geschrieben werden?

Nun machen sie uns weis, Gott habe die Welt in sechs Tagen erschaffen. Da wir's genauer wissen, können wir's getrost auch glauben.

Wer wäre ich, hätte zum Beispiel Magritte mich portraitiert?

Wir wehren uns gegen die Felder
mit gentechnisch veränderten Pflanzen
und akzeptieren widerstandslos
die wuchernden Neubaugebiete
an den Dorfrändern.

Der Tod ist ein launischer Spieler. Die einen holt er sich vorgewarnt und langsam, andere schnappt er sich urplötzlich und überraschend.

Was bin ich? Wertstoff oder Restmüll?

Sein Kopf rauchte. Er staubte mal wieder alte Gedanken ab.

Gibt es für die Ohren, was für die Augen das Schielen ist?

Warum dürfen die Wörter nicht selbst entscheiden, wie sie geschrieben werden möchten?

Ob die Mücke, die mein Gesicht umsummt, keine Angst vor dem Tod hat?

Vielleicht ist Gott wie der volle Mond: Schaut uns an und sieht uns nicht.

So lange es kein richtiges Leben in einem falschen gibt, bleibe ich der Falsche im richtigen.

„Mozart“ ist das Lösungswort eines Rätsels, das kein Mensch je restlos enträtseln wird.

Eigentlich wollte ich nach Seldwyla und landete in Ruchenstein. Der alte Keller ist doch immer noch für einen Umweg gut.

Mein Nachbar hält meinen Glauben für Aberglauben. Müsste mein Gott da nicht einschreiten?

Wie lang ist ein Lichtjahr?

Dass der Kuckuck, der mir den Mai so liebenswert macht, unter den Vögeln ein Schurke ist, hört man ihm nicht an.

Ich weiß, es ist die Wahrheit. Doch ich habe keine Wörter für sie.

Manches, was nicht der Rede wert ist, darf dennoch nicht verschwiegen werden.

Wenn ich mich vertippe, denke ich manchmal, komisch, einige Wörter verstehen Spaß, andere nicht.

Höchste Steigerung meines Christseins: Ich bin jetzt ein Gläubiger.

Plötzlich eine Wolkenlücke und ich dachte: Könnte das himmlische Schlüsselloch sein.

Dieser und jener Hintergedanke – Plötzlich ein Vordergedanke.

Manche Lügen sind hinter vorgehaltener Hand noch Wahrheiten.

Weiß der Regenwurm, den die Amsel aus dem Rasen zerrt, wie schön sie singen kann?

Nachsommerlicher Albtraum: Adalbert Stifter sich im Rosenhof die Kehle durchschneidend.

Er fand den Tod, hieß es. Komisch war nur, dass er ihn gar nicht gesucht hatte.

Ich höre das fröhliche Gebimmel vom Turm der Kapelle und denke: Klingt wirklich noch nach Evangelium.

Alles tot und verwest. Nur das Gras über ihren Untaten noch grün.

Er riss die kleinen Wörter an sich und führte das große Wort.

Sie ließen mich ausreden. Ich erstickte sie mit Ausreden.

Er suchte nach Worten und fand keine. Was er nicht wusste: Die hatten sich in seinem Kugelschreiber versteckt.

Gehe ich mit meinem inneren Schweinehund Gassi, staunen die Leute jedes Mal über das riesige Tier.

Goethe: Et in Arcadia ego. Auch ich war in der Waffen-SS: Grass.

Da stand er nun in seiner Lust:
Statt einer Geliebten
vier nackte
Wände.

Die paar Bäume, die der Sturm verschont hat, haben sich wieder aufgerichtet. Sind sie jetzt schuldig?

Heimatkunde: Es werden immer mehr Friedhöfe, auf denen einer liegt, den ich kannte.

Mona Lisa auf der Kachel. Mein heißer Kaffeebecher auf ihrem Gesicht. Kein Aufschrei. Kein Protest. Fluch der Kunstgeschichte.

Eine göttliche Veganerin. Nur wurde sie mit den Jahren einem Kürbis immer ähnlicher.

Auf Fausts Spuren: Dass ich erkenne, was die Welt im Äußersten zusammenhält.

Den Ball musste er reinmachen! Woher wissen die Sportreporter, was einer muss?

Mein Name, rückwärts gelesen, nennt einen anderen, mir Unbekannten.

Sie meinten: Du hast ein Problem. Was sie nicht wussten: Ich bin es.

Nur Allah weiß, ob unter den Turbanen der Prophet wirklich gut aufgehoben ist.

Altersweisheit: Die Gedanken kreisen um die Gesundheit und die Frage, wer der nächste sein wird.

Die gestern überreich blühende Kastanie heute Kaminholz. Manche banalen Verwandlungen sind schwerer zu verstehen als diese oder jene gedankenschwere Theorie.

Vielleicht ist die Kürze des Wortes „nichts“ der endlosen Leere ja auf heimtückische Weise angemessen.

Wichtig ist, wo die Musik spielt. Entscheidend immer noch, wo Stille herrscht.

Deutsche Künstlerschicksale: Eines Tages sind die Besten reif für einen Bambi.

Eine Kehrseite ohne Medaille –

Ob der da oben es hört, wenn hier unten himmelschreiendes Unrecht geschieht?

Ackermann, Josef. Rom will ihn habselig sprechen.

Wir schiessen den einzigen Bären ab,
jagen hysterisch die paar Wölfe
und lassen die Baulöwen
ungehemmt
wüten.

Die makellosen holländischen Gewächshaus-tulpen kennen das Wort „Frühjahr" nicht mehr.

Die Friedhofskapelle, Urform aller Transiträume: Ankommen. Kurz bleiben. Gehen.

Der Teufel, Gott an die Wand malend –

Durch die Falltür in meinem Kopf ist schon so mancher Gedanke unversehens nach draußen gestürzt.

Ihr eisiger Blick traf mich und ich wusste sofort: Der verzögert die Erderwärmung.

Mein PC speichert ein paar Hebel-Gedichte, doch sie bedeuten ihm nichts. Und aufsagen kann er sie auch nicht.

Erst das laute Läuten, dann diese einschläfernde Predigt! An manchen Sonntagen wäre ich lieber Atheist.

Eheliche Großwetterlage: Sie schleuderte die Blitze und er donnerte.

Die Null ist gleichsam die Philosophin unter den rationalen Zahlen. Wo die zählen, spekuliert sie.

Ende der Philosophie: Die Welt ist alles, was der Notfall ist.

Dass mein PC nur auf zwei zählen kann, empfinde ich manchmal als teuflische Beleidigung, manchmal als göttlichen Witz.

In Gottes Mühlen die Erde langsam zu feinem Staub zermahlen. Keine Posaune zu hören, nur dieses Mahlgeräusch. Den Weltuntergang habe ich mir spektakulärer vorgestellt.

Jeder ernste Gedanke ist immer in Gefahr zu explodieren und Binsenweisheiten in die Welt zu schleudern.

Der eine früh, der andere spät: Irgendwann wird jeder Revolutionär zum Verräter.

Dass ich nun weiß, wie und wo jeweils mein Gehirn funktioniert, hat meine Gedanken nicht klarer gemacht. Auch nicht geordneter.

In Büchners „Lenz" wird die Erkrankung des Dichters zur genialen Prosa. Die heilt den Unglücklichen zwar nicht, doch sie sorgt für sein Weiterleben in Würde.

ZUM BEISPIEL DAS WORT BARMHERZIGKEIT.
AUCH UM SEINETWILLEN
LIEBE ICH DIE
DEUTSCHE
SPRACHE.

Tierliebend war er schon immer. Darum ließen wir ihn auch vor die Hunde gehen.

Dich machen wir fertig! schrien sie, und ich zitterte vor den Schmerzen der Vollendung.

Für manches, was wir bisher Gott zuschrieben, machen wir nun die Gene verantwortlich. Das ist die Chance für eine neue Theologie.

Nein, ein heller Kopf ist er nicht! Doch er denkt positiv.

Über die Welt nachdenken und sie nie vollends erfassen, weil sie immer schon weiter ist.

Die Maus, die ich beim Kompostumsetzen aufscheuche, entkommt meinem Killerinstinkt. Später, als sie ihr Junges wegträgt, rührt mich ihr Anblick.

Der Fisch schmeckt köstlich. Dass er dem Meer nun fehlt, stört meinen Magen nicht.

Apropos Himmel: Über den weiß Kachelmann inzwischen genauer Bescheid als Benedikt.

Weiß einer, warum es ein größeres Verbrechen ist, Tote zu schänden als Lebende?

Notlügen sind die Fluchttüren aus der Wahrheit. Wohl dem, der die Ausgänge kennt.

Gott als Designer: Konjektur eines gestylten Glaubens.

Sie verlangten die Wahrheit zu hören und warteten auf meine Lügen.

Ich sehe die erblühte Rose und begreife, dass meine Augen weiter reichen als mein Mund.

Manchmal frage ich mich, was wird länger widerstehen, der Sarg oder das „so krumme Holz, als woraus ich gemacht bin?"

Was ist Leid? Es ist steigerbar.

Warum schreit der Regenwurm nicht um Hilfe, als die Amsel ihn aus dem Rasen zerrt?

Duchamps Urinoir bleibt verschwunden. Nicht ausgeschlossen, dass ein Kunstfreund täglich andächtig reinpisst.

Sein Ende sah er nicht kommen.
Der Sensenmann lauerte
im toten Winkel.

Was auch einmal gesagt werden muss, muss meistens nicht gesagt werden.

Angst. Das Wort ist der zynischste Kurzkommentar seiner selbst.

Er schwieg. Und blieb kein Philosoph.

Die Chemie zwischen mir und den andern stimmt von Fall zu Fall. Nur der Gedanke, dass sie irgendwann mit mir nicht stimmen könnte, beunruhigt mich.

Sich Zeit nehmend mäandert der Fluss dahin und verrät nicht, warum er diese Umwege macht.

Ist es ein literarisches Vergehen, lieber auf Tucholskys Schloss zu kommen als auf Kafkas?

Gottes Wort in den Wörtern der Menschen. Mehr ist selbst dem Höchsten nicht möglich.

Ich war sicher, ihn gut zu kennen. Nur gelegentlich, wenn er lachte, wurde er mir fremd.

Staatsbürger in Zivil: Die Anzüge unauffälig. Das Benehmen angepasst. Die Sprache korrekt. Die Gefühle beliebig. Die Gedanken freidemokratisch.

Eine winzige Veränderung im Gehirn und die Welt ist eine andere. Wer diese Veränderung zuverlässig deuten könnte, wäre so gut wie allwissend.

Unter der Wucht der zahllosen stumpfen Blicke wird der Gioconda das Lächeln schon noch vergehen.

Der Weg durch den Pinienwald. Vor den Augen das glitzernde Meer. Blicke, die sich selbst genügen.

Der Tod ließ herzlich grüßen und schickte einen Infarkt.

Das Rauschen in Ihren Ohren? Der Arzt lachte. Das sind die verlebten Jahrzehnte als komprimierte Gegenwart!

Ich hörte ihn sprechen und wusste, der beherrscht die Demontage der Gedanken beim Reden perfekt.

Provinzmalerei: Die trotzige Verweigerung der Gegenwart oder deren flotte Bebilderung.

Meine Ressentiments habe ich im Blumenschmuck versteckt und begehe nun feierlich den Tag des ausländischen Mitbürgers.

Die Amsel sieht mich von oben und der Frosch von unten. Wessen Blicke sind glaubwürdiger?

„Denn jetzt steig' ich in meinen Busen nieder,/ Gleich einem Schacht, und grabe, kalt wie Erz,/ Mir ein vernichtendes Gefühl hervor." Was dachte Freud, als er Penthesilea zuhörte?

Gott kann Bild werden, nie Sprache. Das wissen die Theologen und reden unentwegt weiter.

Da lag er, und ich dachte, der ist wirklich nicht gut aufgestellt.

Von Zeit zu Zeit durchstreife ich den Bannwald in meinem Kopf und staune, was da alles Wurzeln geschlagen hat.

Einer verspielt fünf Milliarden. Das ist absurder, als Beckett und Ionesco ahnen konnten.

Die Douglasien in Reih und Glied. Der Förster in Uniform. Die Ameisen als Polizei. Wenn das Eichendorff erlebte!

Ein aufgeklärter Kopf! Mit großen romantischen Augen und barocken Ohren.

Seit er die fremden Federn, mit denen er sich gerne schmückt, am Hut trägt, sieht er richtig bedeutend aus.

Da ging sie vor mir in ihren High Heels.
Und meine Blicke
liefen ihr barfuss
nach.

Endlich im Ruhestand hatte er genügend Zeit, den Jägerzaun um seine Gedanken instand zu halten.

Meine Seele, ein chemisches Konstrukt? Gott demnach nicht Uhrmacher, sondern bloß Laborant?

Er spürte schon lange nichts mehr. Seine letzte Hoffnung war das gefühlsaktive Präservativ.

Ich blätterte in dem Buch und dachte: wertvoll geworden mit den Jahren. Ganz im Gegensatz zu dir.

Falls der Heilige Vater auf meinem Kugelschreiber aus Rom läse, was ich mit dem so alles schreibe, lächelte er nicht länger.

Wenn ich, schlaflos, nachts durchs Haus geistere, denke ich jedes Mal, Shakespeare hätte mich gut gebrauchen können.

Schnarchend lag er im Tiefschlaf, und ich konnte nicht glauben dass ein Gerechter so abstoßend aussehen kann.

Gelegentlich beschäftigt mich ein ernster Gedanke und gleich sind die Wörter da, um einen Kalauer daraus zu machen.

Mit unglaublicher Energie und Ausdauer schöpfte er aus dem Leeren.

Was heißt hier hinsehen! Wir fotografieren!

„Tod durch ersticken“, sagte der Arzt. „Das Lachen ist ihm im Halse stecken geblieben“.

Mich dauern jedes Mal die Rosen und Tulpen, die auf den Sarg geworfen werden.

Mein Analytiker wird immer fetter. Ich bin ein gefundenes Fressen für ihn.

Jede Liebe, unterm Mikroskop betrachtet, verrät Klumpen geheimer Lieblosigkeiten.

Manches, was passiert, verstehe ich gut. Kann es nur nicht begreifen.

Was für ein literarisch-schamloses Ende! Demenz macht sich einen Reim auf Jens.

In seinem Leben ging vieles zu Bruch. Zuletzt hatte er nicht mehr alle Tassen im Schrank.

DAS KIND DACHTE SICH DEN LIEBEN GOTT
ALS ALTEN MANN MIT WEISSEM RAUSCHEBART.
WAS ES NICHT WUSSTE,
DASS DER ALTE
FAST BLIND
UND BEINAHE
TAUB IST.

Seit er das Gesicht verloren hatte, sah er richtig sympathisch aus.

„So lebte er hin." Vier Wörter, die mehr sagen, als die meisten dickleibigen Biografien.

Altern: Das sind die Ratenzahlungen des Todes ans Leben.

Kann es sein, dass Allah mit anderen Augen auf die Welt blickt als Jahwe?

Dies und das, nicht der Rede wert, fängt plötzlich an zu sprechen und wir hören erstaunt zu.

Kapitalistischer Abgesang: Ich hatt' einen Konkurrenten, einen schlimmern find'st du nicht…

Statt ins Altenheim nun in die Seniorenresidenz. Noch die dümmste Lüge wird im Kapitalismus zu einer Frage des Geldes.

Meine Augen sehen analog. Meine Kamera digital. Wer sieht die Welt genauer?

Weiß die Amsel oben auf dem Dachfirst, dass ich ihr zuhöre? Oder interessiere ich sie gar nicht?

Manchmal packt mich die Angst, meine Benutzeroberfläche könnte plötzlich wegbrechen und ich stürzte ins Nichts der Virtualität.

Einige Kritiker hielten seinen Roman für keine große Kunst. Da waren seine Nichtleser allerdings anderer Meinung.

Sähe mein Christentum fröhlicher aus, wäre aus dem Saulus kein Paulus geworden?

Wirklich nette Leute! Lauter ehrliche Lebenslügner.

Kaum habe ich einen klaren Gedanken, fängt das Kleingedruckte im Kopf an, ihn zu überwuchern.

Dieser Märzvormittag: Sonnig, warm, belebend und das Elend der Welt souverän missachtend.

Praktisch bin ich immer. Gut gelegentlich. Quadratisch nie.

Tod eines Dichters: Er beweint sich und ertrinkt in den Tränen.

Falls wir in die „Zauberflöte“ so viel Leichtsinn interpretiert hätten wie Tiefsinn, sähen wir vielleicht klarer.

Ob es Wörter gibt, die neidisch auf andere sind? Ich sah mit Freude seinen Schaden und rätselte, ist das nun Schadenfreude oder Freudeschaden?

Nun weiß ich, wo in meinem Kopf Bachs Musik verarbeitet wird. Dennoch bleibt sie mir ein Rätsel.

Ich hörte ihn reden und dachte, bei so viel gebildeter Dummheit müssten die Wörter eigentlich verärgert schweigen.

Hätte Karl Marx das Wort „Sterbegeld“ gekannt, wäre ihm eine Menge Schreibarbeit erspart geblieben.

Kaum geht mir dies und das durch den Kopf, gleich drängeln sich die Wörter vor und fallen darüber her.

Seit Kindesbeinen blickte er nach vorn. Als alter Mann sah er nun bis in die Ewigkeit.

Als wir dem Sarg folgten, fiel mir sein ewiger Spruch ein: Das Leben geht weiter! Nur dieses Mal brachte er ihn nicht.

Bei frischer Baguette, altem Bordeaux und reifem Chèvre bin ich gerne stolz, Deutscher zu sein.

Einst ein Bild von einem Mann. Jetzt eine Collage aus Zeitfetzen. Was die Kunst kann, schafft das Leben gelegentlich auch.

Erschrecken & Trost des Altseins: Manches, jahrzehntelang selbstverständlich, ist es plötzlich nicht mehr.

Komisch, ein falsch geschriebenes Wort verrät mehr über seinen Schreiber als ein richtig geschriebenes.

Ängstlich hörte er zeitlebens auf seinen Körper. Und dann kam der Tag, an dem der nicht mehr auf ihn hörte.

Von den Wahrheiten, die er im Leben erfahren hatte, wurde die im Wein ihm schließlich die liebste. Und die belog ihn schamlos.

Meine Hände begreifen manches früher als der Kopf. Und das freut den Bauch.

Gelegentlich staune ich über den Einfallsreichtum, mit dem ich meine Vorurteile begründe.

Der Kopf dement, das Gehör schwer, die Augen schlecht, die Zähne falsch, die Lunge verkohlt, die Leber geschrumpft, das Herz schwach, die Prostata zu gross, die Füße platt: Und ich frage mich, was der Tod Besonderes an ihm fand.

Das Eiscafé „Mona Lisa" Tag für Tag rappelvoll. Die Besitzerin lächelt. Doch keiner malt sie.

Endlich war er trocken. Nur von seinen Schnapsideen kam er nicht los.

„Der aus dem Himmel mit Strömen der Liebe geregnet." Mein Glaube lebt nur noch von den alten starken Bildern.

DER TICKT DOCH NICHT RICHTIG, DACHTE ICH.
BIS ICH MERKTE,
DER LEBT IN EINER
ANDEREN
ZEIT.

Sähe die Welt gerechter aus, falls mein Gerechtigkeitssinn justiziabel würde?

Die Spinne an der Wand regt sich nicht vom Fleck. Hat sie vergessen, dass ich ihr spinnefeind bin?

Das Rollenspiel klappt inzwischen perfekt: Ich sorge für den Spott, den Schaden haben die andern.

Eine Schweigeminute in große Literatur verwandeln: Das glückt nur einem Könner!

Da schläft er nun an der Röckener Kirchenmauer seiner Auferstehung entgegen. Die Rache des Heiligen Geistes ist zuweilen voll teuflischer Bosheit.

Die weiße Wolkenherde, die langsam lautlos davonzieht, gibt mir eine Ahnung von der Stille des Himmels.

Manches, was meine Vernunft für vernünftig hält, hält die meines Nachbarn für unvernünftig. Wie ist das möglich? Ist er am Ende kein animal rationale?

Vielleicht ist es mit Gott im Himmel wie mit dem Mond: Auch wenn er rund und schön ist, sehen wir ihn nur halb.

Die Wörter sind unberechenbar. Ihre Halbwertszeit verändert sich ständig mit den Sprechenden.

Wortlos schlich er davon und ich sah seine Memento-mori Rückseite –

Wenn es heftig donnert, werde ich nun manchmal denken, das ist der Kagel selig, der da oben mit neuen Klängen experimentiert.

Der Tod ist ein raffinierter Kunstfreak: Sammelt nur Stillleben.

Kann es sein, dass der gutgläubige Goethe irrte, und Gottes nur der Okzident ist?

Kleinbürgerliche Romantik: Schon dem Kinde wurde beigebracht: Unkraut wächst bei Nacht.

Was ist Caspar David Friedrichs Bild noch wert, falls der Wanderer über dem Nebelmeer ein Investor ist?

Das ist das Gemeine am Tod: Er greift zu, wann er will. Ohne auf den Mond zu achten.

Am Vormittag die Frohe Botschaft
und nachmittags immer noch
dieser graue, unfrohe
Sonntagshimmel.
Herrgott,
warum bist du
manchmal
so stur?

Schaut Gott auf mich als Nachtigall oder als Habicht?

Manches bleibt in meinem Herz hängen, was den andern am Arsch vorbei geht.

Ein so reinlicher Mann sein lebenlang! Und dann ging's ihm am Ende so dreckig.

Sie schlugen gezielt zu. Ich hörte die Engel singen. Es war kein Mozart.

Was macht die liebe Christenheit, falls sich bewahrheitet, dass Mammon ein Gott und kein Götze ist?

Burte, Hermann: schreibender badische Gauleiter in Johann Peter Hebels alemannischer Provinz.

Manches, was wir vom Himmel erbitten,
könnte uns gegebenenfalls
die Erde erfüllen,
wenn wir ihr nur
vertrauten.

Ab dem dritten Bier hoffe ich jedes Mal, dass Gott, der Hopfen und Malz, auch mich erhalt's!

Qualität setzt sich durch! Trotziger Trost der Erfolglosen.

Wenn ich den Alten im Spiegel sehe, frage ich mich immer öfter, wie hältst du es mit dem immer noch aus?

In seinen letzten Jahren lief er zusehends langsamer, als wollte er dem Tod klarmachen: Ich habe Zeit!

Manchmal sagt mein Bauch ja und mein Kopf nein. Und ich büße dafür mit Kopf- oder Bauchschmerzen.

Wenn ich mich umhöre, treffe ich auf Wörter, die noch schneller gealtert sind als ich selbst.

Ich bin gespannt, was der Sensenmann mit meinen werthaltigen Teilen machen wird.

Immer wieder klammern meine Gedanken sich an die Bedeutungen der Wörter und lassen sich von ihnen ein Stück weit mitziehen.

Nach der Zeitungslektüre habe ich Druckerschwärze an den Fingern. Und wieviel im Kopf?

Maria aber behielt alle diese Worte und bewegte sie in ihrem Herzen. Wusste sie, dass der Kopf den Hirten nicht geglaubt hätte?

Das Blatt blieb leer. Was er sagen wollte, spottete jeder Beschreibung.

Wenn ich den Hausmüll trenne, denke ich mit Schrecken daran, dass mein Seelenmüll immer noch unsortiert in mir herumliegt.

Manches, von dem wir umgotteswillen die Finger lassen sollen, sähe der Himmel vielleicht doch gerne angepackt.

Aller Anfang ist schwer, dachte Gott erschöpft am Abend des ersten Tages und beschloss, den Dr. Darwin weitermachen zu lassen.

Immer vornean. Immer auf der Überholspur. DerTod beobachtete ihn mit vorauseilendem Vergnügen.

Die Hypotheken auf seinem Alzheim
zahlte er in Raten
wachsender geistiger
Umnachtung
ab.

Lange wehrte er sich und liegt nun doch in der Grube, die andere ihm gegraben haben.

Ist es ein Witz, dass in Diktaturen die Witze immer am witzigsten sind?

Von diesem und jenem, was mir in den Sinn kommt, wüsste ich gerne, warum es kommt und von wo. Doch sie verraten es nicht.

Die Bank ließ ihn fallen. Gott, sagte der Pfarrer, hat ihn aufgefangen. Dazwischen liegt die Insolvenz.

Dieses tiefe, wolkenlose Blau über mir. Eine Sinnestäuschung? Dann könnte es auch sein, dass der Himmel uns noch so manches andere vortäuscht.

Ach, dachte ich, auf dem Ohrensessel sitzend, nun ist der Bernhard auch ein Alter Meister. Das ist die Wahrheit.

Alphatiere und Omegamenschen: Im neuen Menschenpark geht es auch nicht anders zu als einst zwischen Herren und Knechten.

Ist es theologisch denkbar, dass Gott die Piusbrüder mehr liebt als mich alten Protestanten?

Endlich hatte er sich verwirklicht! Ein Selbst war er nicht mehr.

Den Bettler freut, dass ihn der halbe Mantel des heiligen Martin wärmt. Hunger hat er trotzdem noch.

Die Zeiten ändern sich, haben wir immer gesagt. Im Alter erfahren wir, dass auch die Zeit sich ändert.

Mein Altersglaube blickt gelegentlich auf meinen Kinderglauben. Und der blickt zurück –

Der Tod wird mich vernichten, das weiß ich. Doch manchmal schaffe ich es, mir das Nichts himmlisch auszumalen.

Von Zeit zu Zeit erschreckt er mich schon, der Dreck in der Schmuddelecke meines reinen Gewissens.

Überwältigendes Glaubenswunder: Kaum ist Benedikt im Land, wird aus Robert Mugabe ein frommer Katholik.

Bei manchen Gelegenheiten
wird das gute Recht,
das einer hat,
zum Komplizen
seiner
Unmoral.

Er wollte nicht mit dem Strom schwimmen. Da schwamm der Strom mit ihm.

Alberto Giacometti formte Menschen, von denen Prometheus und auch Gott nicht glaubten, dass sie leben könnten.

Macht der Heilige Geist manche Predigten so lang, damit wir um die Erleuchtung der Pfarrer bitten?

Westerwelle, Lafontaine und ein paar andere: Auf dem Flachbildschirm wirken sie plötzlich authentisch.

Nach dem Schlaf der Gerechten die Wachheit der Ungerechten.

Er raucht nicht mehr.
Meidet den Alkohol.
Isst cholesterinarm.
Denkt nur noch an seine Gesundheit.
Das imponiert dem Tod
und er hat ein Auge
auf ihn.

Manchmal bin ich auf elaborierte Weise gemein.

Der Redner beschwor das christliche Abendland so oft, dass mir die Augen zufielen und ich vom Morgenland zu träumen anfing.

Rosamunde Pilchers heile Welt, in der es nie Nacht wird. Darum schafft sie es nur ins Abendprogramm.

Ich sah ihn wieder, alt geworden, verwirrt, hinfällig und dachte, irgendwas stimmt an Gottes Schöpfungskonzept nicht.

Aus dem Himmel abstürzen in den Tod. Das muss für fromme Christen doch das gottverlassenste Sterben sein.

Sehe ich am Bildschirm
die gelöschten Nachrichten
in den Papierkorb segeln,
denke ich, so könnte
meine Seele
dereinst
davonfliegen.

Was Paulus verdammte: Paula, vom Nabel abwärts göttlich –

Ein Buch, in dem nur die Irrtümer stünden, die Philosophen sich ausdachten, wäre wohl eine spannende Lektüre.

Finstere Gedanken unter den Turbanen: Weiß Allah Bescheid?

Mein Glaube schafft es nicht mehr, die himmlische Willkür als Gottes unerforschlichen Ratschluss zu begreifen.

Demütige Investmentbanker: Narren am Hofe Mammons.

Ist es theologisch denn undenkbar, dass Gott mit uns schimpft, wenn es donnert?

Die Kardiologen waren sprachlos: Ein gebrochenes Herz, immer weiter schlagend.

Kein Existenzbeweis! Keine Rechtfertigung! Nur da sein. Wie die alte Weidbuche auf Wiedener Gemarkung.

Weiß der Teufel! rufen wir. Blöderweise werden wir nie genau erfahren, was er alles weiß.

Blassrosa blüht die in die Rose verrankte Winde. Es stört sie nicht, ein Unkraut zu sein.

Unsere Sprache ist unberechenbar. Manche Wörter lassen sich zurücknehmen, andere nicht.

In dem Wort „lebensmüde" verbirgt sich eine noch stumme Existenzphilosophie.

Die Räuber heißen heute Esser, Zumwinkel, Nonnenmacher. Nicht mehr Hotzenplotz. Schmachvoller konnte die Fantasie nicht kapitulieren.

Noch aus der größten Katastrophe lässt sich fernsehtaugliches Sommertheater machen.

Ist es nicht erschreckend, wie mühelos das alte Wort Gier und die neuste Software kompatibel wurden?

„Gott – ein Supplement unsrer Armseligkeit“? War der greise Goethe nun ein heilloser Ketzer oder ein begnadeter Theologe?

Müssten wir nicht, um die freiheitlich-demokratische Grundordnung zu schützen, doch kaputt machen, was uns kaputt macht?

Auf meine Aberglauben möchte der Himmel nicht verzichten, denn die bringen ihn gelegentlich zum Lachen.

Immer öfter staune ich, was alles sich vor meine Moral drängelt.

Dass du lebst, ist vor allen Dingen wichtig, riefen sie. Aber gibt es ein Leben vor allen Dingen?

Bach trug keinen Frack. Doch seiner Musik steht er trotzdem gut.

Wenn ich ihn sehe, fühlt mein Kopf sich ganz leer an. Muss Gedankenübertragung sein.

All die toten Dinge, die mich überleben werden –

Wissen manche Wörter, was sie anrichten?

Das Klima erwärmt sich, mich lässt das kalt. Das Polareis schmilzt, mein Eisberg wächst. Länder gehen unter, ich bleibe obenauf.

Wachstum brauchen wir, sagte der Politiker. Wachstum! Das hörte sein Darmkrebs und wuchs.

Die Frohe Botschaft: Heute ein Heidenspaß.

Der Himmel so blau und strahlend. Von meinen Ängsten will er heute nichts wissen.

An manchen Tagen nehme ich es mit der Wahrheit nicht so genau, an anderen mit der Lüge. So schlängle ich mich ehrbar durchs Leben.

Mit den Gedankengängen ist es
wie mit den Kohleflözen:
Die tiefsten sind
nicht immer
die
ergiebigsten.

Erinnerungen: Was war da? Oder ist es gewesen?

Leider hat der Zöllner Rousseau kein Heiligenbild gemalt. Er hätte uns was zeigen können.

Du Faulpelz! sagte ich zu dem Bettler. Er nahm es statt barer Münze.

Ein Lynkeus mit Tunnelblick –

Einen schönen Tag noch! wünscht mir die Kassiererin. Und ich denke: Nur noch einen?

Eine junge Frau schneidet Brot für die Kinder. Ein junger Mann sich in diesen Anblick heillos verliebend. Große Literatur kommt mit einfachen Bildern aus.

In meiner Brust wohnen keine zwei Seelen.
Nur über der Gürtellinie
bin ich ein anderer
als unter.

Der tägliche Irrsinn in Afghanistan zum Beispiel. Abends bereits zu Kurzinformationen in geordnete Sprache gepresst. Genau so reden die Theologen von Gott.

Als beträchtlicher Kostenfaktor lebte er zuletzt unter uns. Nun liegt er dem Herrgott auf der Tasche.

Manchmal, wenn ich lüge, meine ich es ehrlich.

Ist es theologisch denkbar, dass Gott am Ende aller Tage Adam und Eva wiederbelebt?

Kindheitsprägung: Den angeschimmelten Brotrest wegzuwerfen, fällt mir schwer.

Seit ich feinsinnig zwischen Juden und Israelis unterscheide, ist mein Antisemitismus wieder vorzeigbar.

Es passiert oft an Sonntagen, dass der Gott der lauen Christen mir lieber ist als der liebe der frommen.

Hut wieder auf, ihr Herren! Kein Genie.

Wir wollen unbedingt wissen, wann und wie die Welt angefangen hat. Wäre es nicht drängender zu erforschen, wann und wie sie enden wird?

Ich sehe nichts. Vielleicht ist das ja der philosophischste aller Blicke.

Nun stand sein Name schwarz umrandet in der Zeitung, und ich dachte, war ja ein Auslaufmodell. Hat der Tod ein Schnäppchen gemacht.

Ich finde im Blumenbeet das leere Schneckenhaus und denke: Harmonischer geformt als du.

Die tötenden Blicke eines Blinden –

Wie kommt es, dass das Nichtleichte manchmal schwerer ist als das Schwere?

Aus dem Kern wurde ein Setzling, aus dem eine fünf Meter lange Ranke, an ihr drei medizinballgroße Kürbisse. Ich sehe es mit staunendem Erschrecken.

Ich fand ein Körnchen Wahrheit
und pflanzte es ein.
Es wurde ein prächtiger Baum
ohne Früchte.

Ein Buch in Händen, darin lesen, die Seiten umblättern. Wie armselig sind doch die Texte am Bildschirm.

Ich lese die Scherben auf, ordne sie auf dem Tisch und blicke darauf wie in einen Text, den ich nicht verstehe.

Ob die Kirchenmaus glaubt, was sie sonntäglich hört?

Alles missriet ihm. Keine Anerkennung. Da glückte ihm der perfekte Mord. Aber der Richter glaubte ihm nicht.

Mein Gott, dieses Abendrot! Als spuckten die Himmlischen Blut.

Manches, was ich weiß, weiß ich aus Büchern, die ich nicht gelesen habe.

Da schwelgte er nun im Glück seiner Selbstverwirklichung und von ferne winkte grinsend die restliche Wirklichkeit.

Mal kollidiert mein Rechtsempfinden mit meinen Vorurteilen. Mal ergänzen sie sich.

Als Gott am siebten Tag ruhte und sich langweilte, rief er Marthaler zu sich und befahl ihm: Mach aus dem Ganzen Theater!

Müsste eine christliche Theologie heute nicht auch bedenken, was Gott in seiner Schöpfung misslang und misslingt?

Komisch, an manchen Tagen addieren sich mir zwei Halbwahrheiten zur Lüge und an anderen zur Wahrheit.

Ein echter Grüner! Die Nahrung nachhaltig. Die Gefühle biologisch-dynamisch. Die Gedanken naturtrüb.

Gottes rechte Missgunst: Er schickt uns in die weite Welt und will uns seine Katastrophen weisen.

In Goethes Gartenhaus: Es gab ihn also wirklich! Eine bewegende Entdeckung.

Ich stand unter dem Baum der Erkenntnis und sah keine Frucht.

Ein kluges Buch! Mit Eselsohren.

DemenZ: Der Geist ist am Ende des Alphabets angekommen. Nun ist er sprachlos.

Da hängt er nun im Steilhang der Zeit
und hat keine Wahl.
Steigt immer
weiter.